राम विवाह

विवेक कुमार पांडे शंभूनाथ

क्रम-सूची

प्रस्तावना

राम जी का विवाह कैसे हुआ, क्या प्रशताव था राजा जनक का। कैसे श्री राम जी ने धनुष को भंग कर दिया। इस किताब को लिखने के दौरान कोई भी धर्म या जाति एवम् किसी भी परिवार के सदस्य को नुक्सान नहीं पहुंचाया गया है। हम किसी को भी ठेस नहीं पहुंचाना चाहते हैं।

भूमिका

• **लेखक जीवनी**

मेरा नाम विवेक कुमार पांडे है और मैं एक लेखक हु , में गुजरात के सुरत में निवास करता हूं.मेरा जन्म ३० सेप्टेंबर २००२ में हुआ था, और मुझे बचपन से एक्टर बनने का सोख रहा है और अभी भी है.। में कभी ये नहीं सोचता की लोग क्या कर रहे हैं में ये सोचता हू कि में क्या कर रहा हू, में आज सफल हू तो अपने पापा की वजह से आज वो रहते तो उन्हें बहुत खुशी होती , वो सदा और हमेशा मेरे साथ रहेंगे.। मेरे रियल लाइफ के सुपरस्टार और सुपर हीरो मेरे प्यारे पापा है । आई लव यू पापा । पापा को मेरे हाथ कि चाय बहुत अच्छी लगती थी ।

जब उनका मन करता था चाय पीने के लिए तो वो कहते थे । मुझे चाय पीना है कौन बनाएगा मम्मी कहती में बना देती हू लेकिन पापा कहते नहीं मेरा बेटा बनाएंगा । उसके हाथ कि चाय मुझे बहुत अच्छा लगता है । जब भी काम करके घर आने वाले होते हैं तब मुझे फोन करते है विवेक बेटा बोलो क्या खाओगे सेब ले लु । में कहता ठीक है पापा ले लिजिए । पापा कहते कितना लू एक किलो या 2 किलो । में कहता नहीं पापा सिर्फ में ही खाता हू भईया और दीदी को फल अच्छा ही नहीं लगता है इसलिए 3 सेब ले लेना । लेकिन पापा मेरे लिए दो तीन किलो फल लेकर आ ही जाते थे । पहले ले लेते फिर मुझे फोन करते । हमेशा ऐसा ही करते थे ।

में ये नहीं कह रहा हू कि मुझे बहुत ज्यादा प्यार और मानते थे । वो अपने तीनों संतानों को प्यार करते थे । सबसे छोटा तो में ही था घर में , मुझसे बड़ी मेरी बहन और मेरी बहन से भी बडे मेरे भईया । में आज भी वो दिन का इंतजार कर रहा हू जब पापा मेरे लिए कुछ लेकर आएंगे । मेरे कान तरस रहे है वो आवाज़ सुनने के लिए । लेकिन कहते हैं जो चीज चली जाए वो कभी लौटकर नहीं आती है । आप सभी से निवेदन है आप अपने मम्मी और पापा का ध्यान रखें । दुनिया में एक ही भगवान है वो है माता ओर पिता ।

में बहुत ही शरारती था बचपन में । मुझे किताब लिखने का शोख बचपन से ही था । जब में तीसरी कक्षा में पढ़ता था । तब से ही किताब लिखता था में और मेरा दोस्त हम दोनों किताब लिखके सभी को दिखाते थे और कहते थे जिन्हें

मेरा किताब अच्छा लगे तो अपना हस्ताक्षर कर दे। मेरे अंदर एक बहुत ही खास विशेषता है में किसी के चक्कर में नहीं रहता हूं। कौन क्या कर रहा है करने दो मुझे कुछ फर्क नहीं पड़ता है। मुझे सिर्फ अपने आप पर ध्यान देना है।

क्योंकि दुनिया में ऐसे भी लोग हैं जो नहीं खुद कुछ करना चाहते हैं और नहीं दुसरो को कुछ करने देना चाहते हैं। एक बात ध्यान रखें अगर आप कोई भी नया काम करते हैं तो पहले लोग ताना मारते ही है। ये मत करो वो मत करो तुम्हारे बस कि बात नहीं है , तुम नहीं कर सकते हो . मुझे यह पता नहीं चलता लोग इतना सुझाव क्यों देते हैं। हमें जो करना है हम वहीं करेंगे। कई लोग हैं जो दुसरो के कहने पर वही करते हैं लेकिन मैं आपसे कह रहा हूं आप जो करना चाहे वो करे किसी के कहने पर खाई में मत कुदे। आपकी जिंदगी आपके ही हाथों में है लोगों के हाथों में नहीं है।

मेरा बस एक ही सपना है की में नाम कमाकर अपने पिताजी का अधुरा सपना पूरा करूं।

1

त्रिशंकु की स्वर्गयात्रा

अपनी वार्ता जारी रखते हुये मिथिला के राजपुरोहित शतानन्द जी ने कहा, "इस बीच इक्ष्वाकु वंश में त्रिशंकु नाम के एक राजा हुये। त्रिशंकु की इच्छा सशरीर स्वर्ग जाने की थी अतः इसके लिए उन्होंने वशिष्ठ जी से यज्ञ करने के लिए कहा। वशिष्ठ जी ने बताया कि कि मुझमें इतनी सामर्थ्य नहीं है कि मैं किसी व्यक्ति को शरीर सहित स्वर्ग भेज सकूँ। वशिष्ठ जी के असमर्थता प्रकट करने पर त्रिशंकु ने यही प्रार्थना वशिष्ठ जी के पुत्रों से भी की जो दक्षिण प्रान्त में घोर तपस्या कर रहे थे। इस पर वशिष्ठ जी के पुत्रों ने कहा कि 'अरे मूर्ख! जिस काम को हमारे पिता नहीं कर सके तू उसे हम से कराना चाहता है। ऐसा प्रतीत होता है कि तू हमारे पिता का अपमान करने के लिये यहाँ आया है।' उनके इस प्रकार कहने से त्रिशंकु ने क्रोधित होकर वशिष्ठ जी के पुत्रों को अपशब्द कहे। वशिष्ठ जी के पुत्रों ने रुष्ट होकर त्रिशंकु को चाण्डाल हो जाने का शाप दे दिया।

"शाप के कारण त्रिशंकु का सुन्दर शरीर काला पड़ गया। सिर के बाल चाण्डालों जैसे छोटे छोटे हो गये। गले में हड्डियों की माला पड़ गई। हाथ पैरों में लोहे की कड़े पड़ गये। त्रिशंकु का ऐसा वेश देखकर उनके मन्त्री तथा दरबारी उनका साथ छोड़कर चले गये। फिर भी उन्होंने सशरीर स्वर्ग जाने की इच्छा का परित्याग नहीं किया। वे विश्वामित्र के पास जाकर बोले कि ऋषिराज! आप महान तपस्वी हैं। मेरी सशरीर स्वर्ग जाने की इच्छा को पूर्ण करके मुझे कृतार्थ कीजिये। विश्वामित्र ने कहा कि राजन्! तुम मेरी शरण में आये हो। मैं तुम्हारी इच्छा अवश्य पूर्ण करूँगा। इतना कहकर विश्वामित्र ने अपने उन चारों पुत्रों को बुलाया जो दक्षिण प्रान्त में अपनी पत्नी के साथ तपस्या करते हुये उन्हें प्राप्त हुये थे और उनसे यज्ञ की सामग्री एकत्रित करने के लिये कहा। उन्होंने अपने शिष्यों के द्वारा वशिष्ठ के

पुत्रों सहित वन में रहने वाले सब ऋषि-मुनियों को यज्ञ में सम्मिलित होने के लिये निमन्त्रण भी भिजवा दिया।

"शिष्यों ने लौटकर बताया कि सब ऋषि-मुनियों ने निमन्त्रण स्वीकार कर लिया है किन्तु वशिष्ठ जी के पुत्रों ने यह कहकर निमन्त्रण अस्वीकार कर दिया कि जिस यज्ञ में यजमान चाण्डाल और पुरोहित क्षत्रिय हो उस यज्ञ का भाग हम स्वीकार नहीं कर सकते। यह सुनकर विश्वामित्र जी ने क्रुद्ध होकर कहा कि उन्होंने अकारण ही मेरा अपमान किया है। मैं उन्हें शाप देता हूँ कि उन सबका नाश हो। आज ही वे सब कालपाश में बँध कर यमलोक को जायें और सात सौ वर्षों तक चाण्डाल योनि में विचरण करें। उन्हें खाने के लिये केवल कुत्ते का माँस मिले और सदैव कुरूप बने रहें। इस प्रकार शाप देकर वे यज्ञ की तैयारी में लग गये।"

शतानन्द जी ने आगे कहा, "हे राघव! विश्वामित्र के शाप से वशिष्ठ जी के पुत्र यमलोक सिधार गये। वशिष्ठ जी के पुत्रों के परिणाम से भयभीत सभी ऋषि मुनियों ने यज्ञ में विश्वामित्र का साथ दिया। यज्ञ की समाप्ति पर विश्वामित्र ने सब देवताओं को नाम ले लेकर अपने यज्ञ भाग ग्रहण करने के लिये आह्वान किया किन्तु कोई भी देवता अपना भाग लेने नहीं आया। इस पर क्रुद्ध होकर विश्वामित्र ने अर्घ्य हाथ में लेकर कहा कि 'हे त्रिशंकु! मैं तुझे अपनी तपस्या के बल से स्वर्ग भेजता हूँ' इतना कह कर विश्वामित्र ने मन्त्र पढ़ते हुये आकाश में जल छिड़का और राजा त्रिशंकु शरीर सहित आकाश में चढ़ते हुये स्वर्ग जा पहुँचे। त्रिशंकु को स्वर्ग में आया देख इन्द्र ने क्रोध से कहा कि 'रे मूर्ख! तुझे तेरे गुरु ने शाप दिया है इसलिये तू स्वर्ग में रहने योग्य नहीं है'। इन्द्र के ऐसा कहते ही त्रिशंकु सिर के बल पृथ्वी पर गिरने लगे और विश्वामित्र से अपनी रक्षा की प्रार्थना करने लगे। विश्वामित्र ने उन्हें वहीं ठहरने का आदेश दिया और वे अधर में ही सिर के बल लटक गये। त्रिशंकु की पीड़ा की कल्पना करके विश्वामित्र ने उसी स्थान पर अपनी तपस्या के बल से स्वर्ग की सृष्टि कर दी और नये तारे तथा दक्षिण दिशा में सप्तर्षि मण्डल बना दिया। इसके बाद उन्होंने नये इन्द्र की सृष्टि करने का विचार किया जिससे इन्द्र सहित सभी देवता भयभीत होकर विश्वामित्र से अनुनय विनय करने लगे। वे बोले कि हमने त्रिशंकु को केवल इसलिये लौटा दिया था कि वे गुरु के शाप के कारण स्वर्ग में नहीं रह सकते थे।

इन्द्र की बात सुन कर विश्वामित्र जी बोले कि मैंने इसे स्वर्ग भेजने का वचन दिया है इसलिये मेरे द्वारा बनाया गया यह स्वर्ग मण्डल हमेशा रहेगा और त्रिशंकु सदा इस नक्षत्र मण्डल में अमर होकर राज्य करेगा। इससे सन्तुष्ट होकर इन्द्रादि देवता अपने अपने स्थानों को वापस चले गये।"

- विश्वामित्र को ब्राह्मणत्व की प्राप्ति

वार्ता जारी रखते हुए शतानन्दजी ने कहा, "हे रामचन्द्र! देवताओं के चले जाने के बाद विश्वामित्र ब्राह्मणत्व प्राप्त करने के लिये पूर्व दिशा में जाकर पुनः कठोर तपस्या करने लगे। बिना अन्न जल ग्रहण किये वर्षों तक तपस्या करते करते उनकी देह सूख कर काँटा बन गई। इस तपस्या को भंग करने के लिए नाना प्रकार के विघ्न उपस्थित हुए किन्तु उन्होंने उन सबका निवारण किया और वह भी बिना क्रोध किये। तपस्या की अवधि समाप्त होने पर जब वे अन्न ग्रहण करने के लिए बैठे। ज्योंही प्रथम ग्रास उठाया भी न था कि ब्राह्मण भिक्षुक के रुप में आकर इन्द्र ने भोजन की याचना की। विश्वामित्र ने अपना भोजन उस याचक को दे दिया और स्वयं निराहार रह गये।

"इन्द्र को भोजन दे देने के पश्चात विश्वामित्र के मन में विचार आया कि सम्भवतः अभी मेरे भोजन ग्रहण करने का अवसर नहीं आया है, इसीलिये याचक के रूप में यह विप्र उपस्थित हो गया। मुझे अभी और तपस्या करना चाहिये। अतएव वे मौनव्रत धारण कर फिर से दीर्घकालीन तपस्या में लीन हो गये। इस बार उन्होंने प्राणायाम से श्वाँस रोक कर महादारुण तप किया। उनके तप से प्रभावित देवताओं ने ब्रह्माजी से निवेदन किया कि भगवन्! विश्वामित्र की तपस्या अब पराकाष्ठा को पहुँच गई है। अब वे क्रोध और मोह की सीमाओं को पार कर गये हैं। अब इनके तेज से सारा संसार प्रकाशित हो उठा है। सूर्य और चन्द्रमा का तेज भी इनके तेज के सामने फीका पड़ गया है। अतएव आप प्रसन्न होकर इनकी अभिलाषा पूर्ण कीजिये।

"देवताओं के इन वचनों को सुनकर ब्रह्मा जी उन से देवताओं को साथ लेकर विश्वामित्र जी के पास पहुँचे और बोले कि हे विश्वामित्र! निःसन्देह तुम्हारी तपस्या प्रशंसनीय है। हम तुमसे अत्यन्त प्रसन्न हैं और तुम्हें ब्राह्मणश्रेष्ठ की उपाधि प्रदान करते हैं। तुम संसार में महान यश के भागी बनोगे। ब्रह्मा जी से यह वरदान पाकर विश्वामित्र ने कहा कि हे भगवन्! जब आपने मुझे यह वरदान दिया है तो मुझे ओंकार, षट्कार तथा चारों वेदों का ज्ञान भी प्रदान करें। प्रभो! अपनी तपस्या को मैं तभी सफल समझूँगा जब वशिष्ठ जी मुझे ब्राह्मण और ब्रह्मर्षि स्वीकार करेंगे।

"विश्वामित्र की बात सुन कर समस्त देवताओं ने वशिष्ठ जी के पास जाकर उन्हें सारा वृत्तान्त सुनाया। उनकी तपस्या की कथा सुनकर वशिष्ठ जी स्वयं विश्वामित्र के पास पहुँचे और उन्हें अपने हृदय से लगा कर बोले कि विश्वामित्र

जी! आप वास्तव में ब्रह्मर्षि हैं। मैं आज से आपको ब्राह्मण स्वीकार करता हूँ।

"हे रघुनन्दन! इतनी कठोर तपस्याओं एवं भारी संघर्ष के पश्चात् विशवामित्र जी ने यह महान पद प्राप्त किया है। ये बड़े विद्वान, धर्मात्मा, तेजस्वी एवं तपस्वी हैं।"

राजा जनक भी शतानन्द द्वारा वर्णित विश्वामित्र जी की कथा सुन रहे थे। वे बोले, "हे कौशिक! मैं आपको और इन राजकुमारों को मिथिला में पाकर कृतार्थ हो गया हूँ। अब अधिक समय व्यतीत हो चला है। भगवान भास्कर अस्ताचल की ओर जा रहे हैं। सन्ध्या-उपासना का समय हो गया है। इसलिये मुझे आज्ञा दीजिये। प्रातःकाल पुनः आपके दर्शन के लिये आऊँगा।" इस प्रकार मुनि से आज्ञा ले राजा जनक अपने मन्त्रियों सहित विदा हये। विश्वामित्र जी भी दोनों राजकुमारों के साथ अपने निश्चित स्थान के लिये चल पड़े।

2

धनुष यज्ञ

मिथिला नरेश के वहाँ से विदा हो जाने पर ऋषि विश्वामित्र राम और लक्ष्मण को लेकर यज्ञ मण्डप में गये। यज्ञ मण्डप को अत्यंत सुरुचि के साथ सजाया गया था। उस भव्य मण्डप को देखकर लगता था मानों वह देवराज इन्द्र का दरबार हो। देश देशान्तर के राजा-महाराजाओं के बैठने की अति सुन्दर व्यवस्था की गई थी। मण्डप के ऊपर बहुमूल्य रत्नों से बने झालरयुक्त आकर्षक वस्त्रों का वितान तना हुआ था। वितान के चारों ओर फहरते हुये पताके मिथिलापति की कीर्ति को प्रदर्शित कर रहे थे।

बीच-बीच में रत्नजटित स्तम्भ बनाए गए थे। वेदपाठी ब्रह्मण एवं तपस्वी शान्ति पाठ कर रहे थे। देदीप्यमान वस्त्राभूषणों को धारण किये राजकुमार अपने अपने आसनों पर विराजमान थे। ऐस लग रहा था मानों सैकड़ों इन्द्र अपने वैभव और सौन्दर्य का प्रदर्शन करने के लिये महाराज जनक की यज्ञ भूमि में एकत्रित हुये हों। इस सौन्दर्य का अवलोकन करने के लिये जनकपुर की लावण्यमयी रमणियाँ अपने घरों के झरोखों से झाँक रही थीं।

गर्जन-तर्जन करते हये पिनाक को इस मनोमुग्धकारी वातावरण में यज्ञ भूमि में लाया गया। सभी की उत्सुक दृष्टि उसी ओर घूम गई। सहस्त्रों व्यक्ति उस धनुष को एक विशाल गाड़ी में धीरे-धीरे खींच रहे थे। उस विशालकाय बज्र के समान धनुष को देखकर बड़े-बड़े बलवानों का धैर्य छूटने लगा और पसीना आने लगा। पिनाक को यथास्थान पर स्थापित कर दिया गया। राजा जनक के ज्येष्ठ पुत्र सीता एवं उनकी सहेलियों को साथ लेकर धनुष के पास आये और बोले, "हे सम्पूर्ण संसार के राजाओं और राजकुमारों! महाराज जनक ने प्रतिज्ञा की है कि जो कोई भी महादेव जी के इस पिनाक नामक धनुष की प्रत्यंचा को चढ़ायेगा उसके साथ

मिथिलापति महाराज जनक अपनी राजकुमारी सीता का विवाह कर देंगे।"

राजा जनक की इस प्रतिज्ञा को सुनकर राजा और राजकुमार बारी बारी से उस धनुष पर प्रत्यंचा चढ़ाने के लिये आये किन्तु भरपूर प्रयास करके भी उस पर प्रत्यंचा चढ़ाना तो दूर उसे हिला भी न सके। अन्त में वे लज्जित हो सिर झुका कर तथा श्रीहीन होकर इस प्रकार अपने-अपने आसनों पर लौट गये जैसे कि नागराज अपनी मणि गवाँकर लौट आते हैं। इस प्रकार एक-एक करके सब राजाओं और राजकुमारों को विफल मनोरथ होकर लौटता देख महाराज जनक को बहुत दुःख हुआ।

उन्होंने बड़ी निराशा के साथ मर्मभेदी स्वर में कहा, "सम्पूर्ण संसार के विख्यात शक्तिशाली योद्धा यहाँ विद्यमान हैं, किन्तु बड़े दुःख की बात है कि उनमें से कोई भी पिनाक पर प्रत्यंचा नहीं चढ़ा सका। उनकी इस असफलता को देखकर ऐसा प्रतीत होता है कि पृथ्वी शूरवीर क्षत्रियों से खाली हो गई है। यदि मुझे पहले से ज्ञात होता कि अब इस संसार में वास्तव में कोई क्षत्रिय योद्धा नहीं रहा है तो मैं न तो धनुष यज्ञ का अनुष्ठान करता और न ऐसी प्रतिज्ञा करता। लगता है कि मेरी पुत्री सीता आयुपर्यन्त कुँवारी रहेगी। परमात्मा ने उसके भाग्य में विवाह लिखा ही नहीं है।"

महाराज जनक की यह बात सुनकर उन सभी राजाओं और राजकुमारों ने, जो अपनी असफलता से पहले ही लज्जित हो रहे थे, क्षुब्ध मन से दृष्टि नीचे झुका लिया। राजा जनक के द्वारा की गई इस भर्त्सना का उनके पास कोई उत्तर न था। परन्तु अयोध्या के छोटे राजकुमार लक्ष्मण को मिथिलापति द्वारा समस्त क्षत्रियों पर लगाया गया लांछन सहन नहीं हुआ। कुपित होकर उन्होंने अपनी भृकुटि चढ़ा ली और तीखे शब्दों में बोले, "हे मिथिला के स्वामी राजा जनक! आपके ये शब्द सर्वथा अनुचित और सूर्यकुल तथा रघुवंश का अपमान करने वाले हैं।

आश्चर्य है कि आपने ऐसे अपमानजनक शब्द कहने का साहस कैसे किया? जहाँ प्रतापी सूर्यकुल का साधारण व्यक्ति विद्यमान हो वहाँ भी कोई इस प्रकार तिरस्कार भरे शब्द कहने से पूर्व अनेक बार उस पर विचार करता है, फिर यहाँ तो सूर्यकुल के मणि श्री रामचन्द्र साक्षात् विराजमान हैं। आप शिव के इस पुराने पिनाक की इतनी गरिमा सिद्ध करना चाहते हैं। मैं बिना किसी अभिमान के कह सकता हूँ कि इस पुराने धनुष की तो बात ही क्या है, यदि मैं चाहूँ तो अपनी भुजाओं के बल से इस धनुष के स्वामी महादेव सहित सम्पूर्ण सुमेरु पर्वत को हिला कर रख दूँ। इस विशाल पृथ्वी को अभी इसी समय रसातल में पहुँचा दूँ।" ऐसा कहते

हुये लक्ष्मण के नेत्र क्रोध से लाल हो गये, उनकी भुजाएँ फड़कने लगीं और उनका सम्पूर्ण शरीर क्रोध की ज्वाला के कारण थर थर काँपने लगा।

3

राम द्वारा धनुष भंग

लक्ष्मण को अत्यन्त क्रुद्ध एवं आवेश में देख कर राम ने संकेत से उन्हें अपने स्थान पर बैठ जाने का निर्देश दिया और गुरु विश्वामित्र की ओर देखने लगे मानो पूछ रहे हों के वर्तमान परिस्थिति में मुझे क्या करना चाहिये। विश्वामित्र ने कहा, "वत्स! लक्ष्मण ने सूर्यकुल की जिस मर्यादा एवं गौरव वर्णन किया है वह सत्य है। अब तुम धनुष पर प्रत्यंचा चढ़ाकर लक्ष्मण के वचन को सिद्ध कर के दिखाओ।"

गुरु की आज्ञा पाकर रामचन्द्र मन्द गति से पग बढ़ाते हुये शिव जी के धनुष के पास पहुँचे। राम को धनुष की ओर जाते देख सीता और उनकी सखियाँ तथा जनकपुरी के समस्त दर्शकगण अत्यंन्त प्रसन्न हुये। किन्तु उनकी प्रसन्नता को संशय ने घेर लिया। वे सोचने लगे कि जब विश्वविख्यात शक्तिशाली राजा और राजकुमार इस शिव जी के धनुष को हिला नहीं सके तो राम जैसे सुकुमार किशोर पिनाक की प्रत्यंचा चढ़ाने में कैसे सफल हो सकेंगे? सीता भी मन ही मन परमात्मा से प्रार्थना करने लगीं कि हे सर्वशक्तिमान! इन्हें इनके उद्देश्य में सफलता प्रदान करने की दया कीजिये। मेरा हृदय भी इनकी ओर आकर्षित हो गया है। अतः इसकी लाज भी आपको ही रखनी है। हे प्रभो! आप अपनी अद्भुत शक्ति से इस धनुष को इतना हल्का कर दीजिये कि यह सरलता से उनके द्वारा उठाया जा सके।

धनुष के पास पहुँचकर राम ने धनुष को बीच से पकड़कर सरलता के साथ उठा लिया और खेल ही खेल में उस पर प्रत्यंचा चढ़ा दी। प्रत्यंचा चढ़ाकर ज्योंही उन्होंने धनुष की डोर पकड़कर कान तक खींची त्योंही वह धनुष भयंकर शोर मचाता हुआ

तड़तड़ा कर टूट गया। उस नाद से अधिकांश दर्शक मूर्छित होकर भूमि पर गिर पड़े। सिर्फ विश्वामित्र, राजा जनक, राम, लक्ष्मण आदि कुछ ही ऐसे लोग थे जिन पर इस भयंकर स्थिति का कोई प्रभाव नहीं पड़ा। कुछ काल पश्चात् जब सबकी मूर्छा दूर हुई तो वे राम की सराहना करने लगे।

धनुष भंग हो जाने पर राजा जनक ने विश्वामित्र से कहा, "मुनिवर! मेरी प्रतिज्ञा पूर्ण हुई इसलिये अब मैं सीता का विवाह रामचन्द्र के साथ करना चाहता हूँ। मुझे अपने मंत्रयों और पुरोहित को विवाह का संदेश लेकर महाराजा दशरथ के पास अयोध्या भेजने की आज्ञा दें।"

विश्वामित्र प्रसन्न होकर बोले, "राजन्! आपका ऐसा ही करना ही उचित है। अपने मंत्रियों को यह भी आदेश दे दें कि वे राजा दशरथ को सन्देश दे दें कि दोनों राजकुमार कुशलपूर्वक यहाँ पहुँच गये हैं।"

विश्वामित्र के वचनों से सन्तुष्ट होकर मिथिलापति जनक ने सीता को बुलवाया। वे अपनी सखियों के साथ हाथ में वरमाला लिये मन्थर गति से लजाती हुई वहाँ आईं जहाँ धनुष को तोड़ने के पश्चात श्री रामचन्द्र खड़े थे। सखियों ने मंगल गान प्रारम्भ किया और लज्जा, संकोच एवं हर्ष के भावों से परिपूर्ण सीता जी ने धीरे से श्री राम के गले में वरमाला डाल दी।

4

अयोध्या में तैयारियाँ

मिथिलापुरी से अयोध्या तक का मार्ग तीन दिनों में तय करके महाराज जनक के मन्त्री राजा दशरथ के दरबार में पहुँचे। रत्नजटित सिंहासन पर विराजमान महाराज दशरथ का सादर अभिवादन करने के पश्चात् मिथिला के मन्त्री ने कहा, "हे राजन्! मिथिला नरेश ने आपका कुशल समाचार पूछा है और महर्षि विश्वामित्र की आज्ञा से उन्होंने आपके पास यह संदेश भेजा है कि समस्त संसार को ज्ञात है कि मिथिला के राजा जनक की पुत्री सीता अत्यन्त रूपवती, लावण्यमयी एवं समस्त सद्गुणों से सम्पन्न है। राजा जनक ने अपने यहाँ एक यज्ञ किया था। उसमें उन्होंने यह प्रतिज्ञा की थी कि जो कोई भी भगवान शंकर के विख्यात धनुष पिनाक पर प्रत्यंचा चढ़ा देगा उसके साथ वे राजकुमारी सीता का विवाह कर देंगे। उस यज्ञ में महामुनि विश्वामित्र राम और लक्ष्मण दोनों राजकुमारों के साथ जनक पुरी पधारे।

राम ने धनुष पर प्रत्यंचा ही नहीं चढ़ा दी, बल्कि उस धनुष के दो टुकड़े भी कर दिये। इस प्रकार उन्होंने अपने अद्वितीय पराक्रम से सीता को प्राप्त कर लिया है। अतः राजा जनक ने आपसे सादर अनुरोध करते हुये यह संदेश भेजा है कि आप अपने समस्त परिजनों, बन्धु-बांधवों, मन्त्रियों एवं पुरोहितों तथा गुरु वशिष्ठ के साथ शीघ्र बारात लेकर मिथिला पधारने की कृपा करें ताकि राजकुमार श्री रामचन्द्र के साथ सौभाग्यकांक्षिणी सीता का विवाह वैदिक रीति से सम्पन्न हो सके और

मिथिलेश कन्या के ऋण से उऋण हो सकें।

इस शुभ संदेश को सुनकर महाराज दशरथ अत्यन्त प्रसन्न हुये। राम लक्ष्मण की कुशलता एवं अद्भुत पराक्रम का समाचार सुनकर उनका हृदय विभोर हो गया। वे मन्त्रियों से बोले, "मन्त्रिवर! हमारा हृदय राम और लक्ष्मण से मिलने के लिये बहुत व्याकुल हो रहा है इसलिये आप शीघ्र ही परिजनों एवं दरबार के सभासदों के साथ जनक पुरी चलने की व्यवस्था कीजिये। समस्त बन्धु-बांधवों, राज्य के प्रतिष्ठित सेठ-साहूकारों, विद्वानों आदि सब को बारात में चलने के लिये निमन्त्रण पत्र भिजावाइये। सेनापति जी से कहिये कि वे शीघ्र चतुरंगिणी सेना को तैयार होने का आदेश दें।

यदि सम्भव हो तो ऐसी व्यवस्था कीजिये कि हम सब लोग कल ही प्रस्थान कर सकें क्योंकि हमारे समधी मिथिला नरेश ने हमसे बहुत शीघ्र मिथिला पुरी पहुँचने का आग्रह किया है। साथ ही परम पूज्य राजगुरु वशिष्ठ जी, वामदेव, जाबालि, कश्यप, मार्कण्डेय, महर्षि कात्यायन आदि ऋषि-मुनियों से भी यह प्रार्थना करें कि वे कल प्रातःकाल ही हम लोगों के चलने से पहले ही जनक पुरी के लिये प्रस्थान कर जायें। इस बीच में हम तीनों महारानियों को यह शुभ समाचार देने के लिये जाते हैं।" इतना कह कर राजा दशरथ ने मन्त्रियों को आदेश दिया कि वे मिथिला से आये हुये अतिथियों का उचित सत्कार करें और उनके खान पान, ठहरने आदि का समुचित प्रबन्ध करें। इसके पश्चात् वे स्वयं राजप्रासाद के अन्तःपुर में पहुँचे और तीनों रानियों को बुलाकर यह शुभ संवाद सुनाया। शीघ्र ही यह समाचार सम्पूर्ण अयोध्या नगरी में फैल गया। घर-घर में मंगलगान होने लगे। नृत्य-संगीत का आयोजन होने लगा।

महाराज की आज्ञा पाकर मन्त्रीगण तथा भृत्यगण विवाह की तैयारियों में जुट गये। जन-जन के मन में अद्भुत उत्साह था। ऐसा प्रतीत होता था जैसे प्रत्येक व्यक्ति के भीतर विद्युत का संचार हो गया है। सभी लोग अभूतपूर्व द्रुतगति से समस्त कार्यों को सम्पन्न कर रहे थे। अर्द्धरात्रि होते होते चलने की सारी तैयारियाँ पूर्ण हो गईं और दूसरे दिन दल-बल के साथ राजा दशरथ रवाना हो गये। चार दिनों तक चलने के पश्चात् बारात मिथिला पुरी पहुँची।

यह ज्ञात होते ही कि अयोध्या नरेश ऋषि-मुनियों, मन्त्रियों, परिजनों एवं अपनी सम्पूर्ण मण्डली के साथ नगर के निकट आ पहुँचे हैं मिथिला नरेश जनक अपने मन्त्रियों, पुरोहित, मुनियों, विद्वानों आदि को साथ लेकर उनकी अगवानी के लिये नगर के मुख्य द्वार पर जा पहुँचे। उन्होंने बड़े आदर के साथ राजा दशरथ की अभ्यर्थना करते हुये कहा, "हे नृपश्रेष्ठ! आपके दर्शन करके मैं कृतज्ञ हुआ

और आपके पदार्पण करने से जनक पुरी की भूमि धन्य हुई। आपने सीता को अपनी कुलवधू के रूप में स्वीकार करके मेरे वंश को सम्मानित किया है। यह मेरा अहोभाग्य है कि आज मिथिला पुरी में महर्षि वशिष्ठ, वामदेव, मार्कण्डेय एवं कात्यायन जैसे परम तपस्वी महात्माओं के चरण पड़े हैं। मैं नहीं समझ पा रहा हूँ कि इस असाधारण सम्मान को पाकर किस प्रकार अपने भाग्य की सराहना करूँ।"

इस प्रकार समस्त आगत महानुभावों का सत्कार करके महाराज दशरथ को उनके साथ आये हुये ऋषि-मुनियों, बन्धु-बांधवों, मन्त्रियों एवं सैनिकों को जनवासे में ठहराने की उचित व्यवस्था की। जनवासे में राजा दशरथ बहुत देर तक मुनि विश्वामित्र और अपने दोनों पुत्रों के साथ बैठे हुये उनके कृत्यों और पराक्रम का विवरण सुनते रहे। इस विवरण को सुनकर कभी वे आनन्द से रोमांचित हो जाते, कभी आश्चर्य से दाँतो तले उँगली दबाने लगते और कभी प्रशंसा से अपने राजकुमारों की पीठ थपथपाने लगते। बातचीत करने के पश्चात् भोजनादि से निवृत होकर वे विश्राम करने चले गये।

5

विवाह पूर्व की औपचारिकताएँ

महाराज जनक के कनिष्ठ भ्राता कुशध्वज सांकाश्यपुरी में रहकर राज्य का प्रबन्ध किया करते थे। सीता के विवाह का समाचार पाकर महाराज वे भी सांकाश्यपुरी से मिथिला आ गये। अपने अग्रज महाराज जनक तथा गुरु शतानन्द जी को प्रणाम करने के पश्चात् वे बोले, "हे भ्राता! अयोध्यापति पधार चुके हैं इसलिये अब विवाह सम्बंधी कार्यों का शुभारम्भ कर देना चाहिये।"

इस पर जनक जी ने शतानन्द जी से कहा, "हे गुरुवर! भाई कुशध्वज के कहने के अनुसार हमें शुभ रीतियों और विधि-विधानों के अनुसार कार्य प्रारम्भ करना चाहिये। अतः आप शीघ्र जाकर अयोध्यापति महाराज दशरथ को राजकुमारों सहित आदरपूर्वक यहाँ लिवा लाइये।" शतानन्द जी जनवासे में महाराज दशरथ के पास पहुँचे और उनसे आदरपूर्वक बोले, "महाराजाधिराज! मिथिला नरेश महाराज जनक अपने कनिष्ठ भ्राता कुशध्वज, परिजनों एवं समस्त मन्त्रियों के साथ आपके दर्शनों के लिये उत्सुक हैं और अपने दरबार में आपकी प्रतीक्षा कर रहे हैं। इसलिये आप अपने मन्त्रियों सहित पधार कर उन्हें कृतार्थ कीजिये।"

राजा जनक का संदेश पाकर राजा दशरथ गुरु वशिष्ठ, मन्त्रियों एवं राजकुमारों के साथ वहाँ पहुँचे जहाँ राजा जनक उनकी प्रतीक्षा कर रहे थे। मिथिलापति ने खड़े होकर उन सबका स्वागत किया और उन्हें बैठने के लिये यथोचित स्थान प्रदान किया। जब सब अपने-अपने स्थानों पर विराजमान हो गये तो इक्ष्वाकु वंश के गुरु वशिष्ठ जी ने राजकुमारों का गोत्र पढ़ना प्रारम्भ किया जो इस प्रकार था -

"आदि रूप स्वयंभू ब्रह्मा जी से मरीचि का जन्म हुआ। मरीचि के पुत्र कश्यप हुये। कश्यप के विवस्वान् और विवस्वान् के वैवस्वत मनु हुये। वैवस्वत मनु के पुत्र इक्ष्वाकु हुये। इक्ष्वाकु ने अयोध्या को अपनी राजधानी बनाया और इस प्रकार इक्ष्वाकु कुल की स्थापना की। इक्ष्वाकु के पुत्र कुक्षि हुये। कुक्षि के पुत्र का नाम विकुक्षि था। विकुक्षि के पुत्र बाण और बाण के पुत्र अनरण्य हुये। अनरण्य से पृथु और पृथु से त्रिशंकु का जन्म हुआ। त्रिशंकु के पुत्र धुन्धुमार हुये। धुन्धुमार के पुत्र का नाम युवनाश्व था। युवनाश्व के पुत्र मान्धाता हुये और मान्धाता से सुसन्धि का जन्म हुआ।

सुसन्धि के दो पुत्र हुये – ध्रुवसन्धि एवं प्रसेनजित। ध्रुवसन्धि के पुत्र भरत हुये। भरत के पुत्र असित हुये और असित के पुत्र सगर हुये। सगर के पुत्र का नाम असमञ्ज था। असमञ्ज के पुत्र अंशुमान तथा अंशुमान के पुत्र दिलीप हुये। दिलीप के पुत्र भगीरथ हुये, इन्हीं भगीरथ ने अपनी तपोबल से गंगा को पृथ्वी पर लाया। भगीरथ के पुत्र ककुत्स्थ और ककुत्स्थ के पुत्र रघु हुये। रघु के अत्यंत तेजस्वी और पराक्रमी नरेश होने के कारण उनके बाद इस वंश का नाम रघुवंश हो गया।

रघु के पुत्र प्रवृद्ध हुये जो एक शाप के कारण राक्षस हो गये थे, इनका दूसरा नाम कल्माषपाद था। प्रवृद्ध के पुत्र शंखण और शंखण के पुत्र सुदर्शन हुये। सुदर्शन के पुत्र का नाम अग्निवर्ण था। अग्निवर्ण के पुत्र शीघ्रग और शीघ्रग के पुत्र मरु हुये। मरु के पुत्र प्रशुश्रुक और प्रशुश्रुक के पुत्र अम्बरीष हुये। अम्बरीष के पुत्र का नाम नहुष था। नहुष के पुत्र ययाति और ययाति के पुत्र नाभाग हुये। नाभाग के पुत्र का नाम अज था। अज के पुत्र दशरथ हुये और दशरथ के ये चार पुत्र रामचन्द्र, भरत, लक्ष्मण तथा शत्रुघ्न हैं।"

इक्ष्वाकु कुल का वर्णन करने के पश्चात् वशिष्ठ जी ने कहा, "हे राजन्! अब आप भी अपनी वंश परम्परा का परिचय दीजिये क्योंकि विवाह जैसे मांगलिक अवसरों पर दोनों ही कुल अपने-अपने वंश का परिचय देते हैं।"

महाराज जनक बोले, "महर्षि! आपने सर्वथा उचित बात कही है। अब मैं भी अपने कुल का परिचय देता हूँ। प्राचीन काल में निमि नामक एक धर्मात्मा राजा थे। उनके मिथि नामक पुत्र हुआ जिन्होंने मिथिला बसाई। मिथि के पुत्र का नाम जनक था, उन्हीं के नाम पर मिथिला के राजा लोग जनक कहलाते हैं। जनक के पुत्र उदावसु और उदावसु के पुत्र नन्दिवर्धन हुये। नन्दिवर्धन के पुत्र का नाम शूरवीर था। शूरवीर के पुत्र सुकेतु और सुकेतु के पुत्र देवरात हुये।

देवरात के पुत्र का नाम बृहद्रथ था। बृहद्रथ के पुत्र महावीर और महावीर के पुत्र सुधृति हुये। सुधृति के पुत्र का नाम धृष्टकेतु था। धृष्टकेतु के पुत्र हर्यश्व

और हर्यश्व के पुत्र मरु हुये। मरु के यहाँ प्रतीन्धक की उत्पत्ति हुई। प्रतीन्धक के पुत्र कीर्तिरथ, कीर्तिरथ के पुत्र देवमीढ़, देवमीढ़ के पुत्र विबुध और विबुध के पुत्र महीन्ध्रक हुये। महीन्ध्रक के पुत्र का नाम कीर्तिरथ था। कीर्तिरथ के पुत्र महारोमा, महारोमा के पुत्र स्वर्णरोमा और स्वर्णरोमा के पुत्र ह्रस्वरोमा हुये। ह्रस्वरोमा के दो पुत्र हुये। उनमें से बड़ा मैं हूँ और मुझसे छोटा कुशध्वज है। हम दोनों भाई इसी प्रदेश में रहकर राजकाज सम्भालते थे। कुछ काल पहले सांकाश्य के पराक्रमी राजा सुधन्वा ने मिथिला पर आक्रमण कर दिया।

वह चाहता था कि मैं सीता का विवाह उसके साथ कर दूँ। मैंने उसकी माँग पूरी नहीं की इसलिये उसके साथ मेरा युद्ध हुआ जिसमें सुधन्वा मेरे हाथ से मारा गया। तब से मेरा कनिष्ठ भ्राता कुशध्वज सांकाश्य पर शासन करता है और मैं मिथिला पर। मैं अपनी बड़ी पुत्री सीता का विवाह राजकुमार रामचन्द्र के साथ और छोटी पुत्री उर्मिला का विवाह उनके कनिष्ठ भ्राता लक्ष्मण के साथ करना चाहता हूँ। मैं तीन बार इस बात को दुहराकर अपनी दोनों कन्याएँ आपको वधुओं के रूप में समर्पित करता हूँ।" फिर वे राजा दशरथ से कहने लगे, "हे नृपश्रेष्ठ! अब आप इनसे गौ दान कराकर नान्दीमुख श्राद्ध का कार्य सम्पन्न कीजिये। इसके पश्चात् लोक प्रचलित पद्धति के अनुसार विवाह का कार्य आरम्भ कीजिये। यह अवसर सर्वथा उपयुक्त एवं कल्याणकारी है। आज मघा नक्षत्र है, आज से तीसरे दिन फाल्गुनी नक्षत्र होगा। इससे अधिक उपयुक्त समय विवाह के लिये दूसरा नहीं हो सकता। आप इन दोनों भाइयों के अभ्युदय के लिये गौ, भूमि, स्वर्ण, तिल आदि का दान कराइये।"

राजा जनक के कथन समाप्त होने पर महामुनि विश्वामित्र बोले, "हे राजन्! आप और राजा दशरथ दोनों के ही कुल पूर्णतया धर्मपरायण, कीर्तियुक्त एवं समान हैं। अतः इन दोनों कुलों में विवाह सम्बंध सर्वथा उपयुक्त है। सीता और उर्मिला भी राम और लक्ष्मण के सर्वथा उपयुक्त हैं। आपके कनिष्ठ भ्राता कुशध्वज भी आपकी ही भाँति धर्मपरायण एवं प्रतिभासम्पन्न हैं। इनकी भी दो रूपवती, सुन्दर एवं विवाह योग्य कन्याएँ हैं। हे नरश्रेष्ठ! मैं चाहता हूँ उनका भी विवाह महारज दशरथ के दो योग्य और पराक्रमी पुत्रों, भरत और शत्रुघ्न, के साथ हो जाये।"

विश्वामित्र की बात सुनकर जनक बोले, "हे मुनिवर! आपके इस आदेश को स्वीकारते हुये मैं अपने कुल को धन्य समझता हूँ। आप भरत और शत्रुघ्न को आज्ञा दीजिये कि वे कुशध्वज की दोनों कन्याओं, माण्डवी एवं श्रुतकीर्ति, को अपनी-अपनी पत्नी के रूप में स्वीकार करें।

इसके बाद मिथिला नरेश से अनुमति लेकर राजा दशरथ वशिष्ठ जी और विश्वामित्र जी के सा जनवासे में लौट गये। दूसरे दिन चारों राजकुमारों ने याचकों को एक एक लाख स्वर्ण मण्डित सींगों वाली गौएँ दान दीं और भी बहुत सारा धन, आभूषण, रत्न आदि ब्रह्मणों को दान दिये।

6

विवाह

दान आदि से निवृत होकर महाराज दशरथ मिथिलेश के राजभवन में जाने की तैयारी करने लगे। तभी भरत के मामा अर्थात् राजा कैकेय के पुत्र युधाजित वहाँ आ पहुँचे। अभिवादन तथा कुशल समाचार जानने की औपचारिकता के पश्चात् उन्होंने कैकेय नरेश का सन्देश देते हुये कहा, "महाराज! हमारे पिताजी को भरत को देखने की उत्कट इच्छा हो रही है। अतः कृपा करके आप कुछ दिन के लिये भरत को मेरे साथ उनके ननिहाल भेज दें। इस संदेश को लेकर मैं अयोध्या गया था किन्तु वहाँ पर ज्ञात हुआ कि आप जनक पुरी गये हुये हैं इसलिए मैं भी यहाँ आ गया।

महारज दशरथ ने युधाजित का समुचित सत्कार किया और उन्हें सारा वृत्तान्त सुनाया फिर उन्हें लेकर ऋषियों, मन्त्रियों एवं बन्धु-बान्धवों सहित यज्ञशाला के द्वार पर पहुँचे। थोड़ी देर बाद नाना प्रकार के आभूषणों को धारण किये हुये रामचन्द्र अपने भाइयों भरत, लक्ष्मण और शत्रुघ्न के साथ उनके पास आकर खड़े हो गये। गुरु वशिष्ठ ने जनक के पास जाकर कहा, "हे विदेहराज! महाराज दशरथ अपने पुत्रों के साथ अन्दर आने की अनुमति चाहते हैं।"

इस पर महाराज जनक बोले, "हे महर्षि! इस प्रकार अनुमति माँग कर वे मुझे क्यों लज्जित कर रहे हैं। वे अयोध्या के ही नहीं मिथिला पुरी के भी स्वामी हैं और मैं तो उनका अकिंचन दास हूँ। क्या कभी स्वामी अपने सेवक से आज्ञा माँगता है? उनसे कहिये चारों कन्याएँ विवाह वेदी पर प्रतीक्षारत हैं। वे निःसंकोच अन्दर पधारने का कष्ट करें।

शुभ लग्न का समय भी हो रहा है। मैं स्वयं चलकर उन्हें सादर ले आता हूँ। इतना कहकर वे महाराज दशरथ के पास पहुँचे और उन सबको यज्ञ स्थल मे ले

आये। सबको यथोचित आसन देकर जनक ने उनकी पूजा की। फिर वशिष्ठ जी से बोले, "हे ब्रह्मर्षि! आप इन ऋषि-मुनियों के साथ विवाह कार्य सम्पन्न कराइये। आपसे अधिक योग्य पुरोहित और कौन हो सकता है?"

गुरु वशिष्ठ, महर्षि विश्वामित्र और मिथिला के राजपुरोहित शतानन्द विवाह कार्य सम्पन्न कराने लगे। सबसे पहले वैदिक विधि के अनुसार विवाह के लिये वेदी का निर्माण कराया गया। फिर अनेक प्रकार के सुगन्धयुक्त फूलों से उसे सजाया गया। कुछ दूरी पर चारों ओर गमले सजाये गये जिनमें चित्त को प्रसन्न करने वाली सुगन्धित रंग बिरंगे फूल लगे हुये थे। वेदी के निकट कई स्थानों पर स्वर्ण पात्रों में धूप, केशर, नैवेद्य, अक्षत, घी, दही, शहद आदि सामग्री रखी हुई थी। यज्ञ सम्पन्न कराने वाले महानुभावों के लिये कुश के आसन बिछा दिया गये।

गुरु वशिष्ठ एवं अन्य महर्षियों ने वेद मन्त्रों का उच्चारण करते हुये हवन कुण्ड में अग्नि प्रज्जवलित की। फिर वशिष्ठ जी के आदेश पर राजप्रासाद की महिलाओं ने जनककुमारी सीता को लाकर यज्ञ वेदी के निकट खड़ा कर दिया। उस समय सीता जी का मुखमण्डल प्रातःकालीन बाल रवि की भाँति अनुपम सौन्दर्य से देदीप्यमान हो रहा था। नख से शिख तक वे बहुमूल्य रत्नजटित आभूषणों से सजी हुई थीं। संक्षेप में कहा जाय तो उस समय सीता की छवि को देखकर करोड़ रतियों का संयुक्त रूप भी नगण्य प्रतीत होता था। सीता इन सब बातों से अनजान दृष्टि झुकाये एकटक पृथ्वी को निहार रही थीं।

महाराज जनक अपनी लाडली पुत्री सीता को श्री रामचन्द्र के निकट खड़ा करके विनीत स्वर में बोले, "हे रघुकुलतिलक रामचन्द्र! मैं अपनी पुत्री सीता का हाथ आपके सशक्त हाथों में सौंपते हुये यह कामना करता हूँ कि मेरी पुत्री आपकी अद्र्धांगिनी होकर सदैव छाया की भाँति आपका अनुसरण करती रहे। अतः हे कौशल्याकुमार! इसे आप अपनी पत्नी के रूप में स्वीकार कीजिये।

आज से यह आपके सुख-दुःख की संगिनी हुई। यह कहकर राजा जनक ने अंजलि में संकल्प के लिये लिया हुआ जल वेद मन्त्रों से पवित्र करके हृदय की सम्पूर्ण भावनाओं के साथ छोड़ दिया। महिलायें मंगलगान करने लगीं। मृदंग दुंदुभी तथा नाना प्रकार के वाद्य यन्त्रों का सुमधुर स्वर चारों ओर गूंजकर इस हर्ष पूर्ण घटना की सूचना देने लगा।

राम और सीता के विवाह के सम्पन्न हो जाने के पश्चात् लक्ष्मण, भरत और शत्रुघ्न का विवाह उर्मिला, माण्डवी और श्रुतकीर्ति के साथ वैदिक विधि विधान से सम्पन्न कराया गया। राजा जनक अपने नेत्रों मे स्नेहपूर्ण अश्रु भर कर बोले, "हे अयोध्या के राजकुमारों! आप चारों भाई सूर्यकुल के गौरव, पराक्रमी, धर्मपरायण,

तेजस्वी, सौम्य, विद्वान एवं सदाचार के गुणों से मण्डित हैं। जनक पुरी के इस राजकुल की हार्दिक कामना है कि उसकी ये चारों कन्याएँ गुण, कर्म, स्वभाव से आपके अनुकूल बनकर सब प्रकार से आपकी सुयोग्य अर्द्धांगिनियाँ सिद्ध हों। इसके पश्चात् वशिष्ठ जी की आज्ञा से चारों राजकुमारों ने अपने अपनी नवविवाहित पत्नियों के साथ अग्नि की प्रदक्षिणा की।

विवाह सम्पन्न होने के पश्चात् महाराज दशरथ समस्त मन्त्रियों, ऋषि-मुनियों और सपत्नीक राजकुमारों के साथ अपने ठहरने के स्थान पर चले गये। जनक पुरी में रात्रि विश्राम करके प्रातःकाल मुनि विश्वामित्र विदा लेकर उत्तराखण्ड की ओर चले गये। महाराज जनक ने दहेज के रूप में असंख्य दास दासियाँ, हाथी, घोड़े, गौएँ, रत्नजटित आभूषण, वस्त्र, बर्तन आदि नाना प्रकार की वस्तुयें देकर अयोध्यापति दशरथ को विदा किया और उन्हें पहुँचाने के लिये नगर के द्वार तक आये। वे हाथ जोड़ कर बड़ी नम्रता के साथ बोले, “हे राजन्! मुझे सब प्रकार से अपना दास समझकर मुझ पर कृपा बनाये रखिये। मैं एक बार फिर आभारपूर्वक कहना चाहता हूँ कि आपने मेरे कुल के साथ सम्बंध स्थापित करके मुझे गौरवान्वित किया है। मेरी कन्याएँ आपकी आज्ञाकारिणी एवं दोनों कुलों का गौरव बढ़ाने वाली हों। यही मेरी मनोकामना है।” फिर उन्होंने तथा कुशध्वज ने अश्रुपूर्ण नेत्रों से चारों कन्याओं को आशीर्वाद देते हुये विदा किया।

7

परशुराम जी का आगमन

राजा दशरथ ने राजकुमारों, उनकी पत्नियों, ऋषि-महर्षियों, मन्त्रियों एवं परिजनों के साथ अयोध्या के लिये प्रस्थान किया। प्रस्थान करते ही सभी ओर भयंकर शब्द करने वाले पक्षियों आवाजें सुनाई देने लगीं। पृथ्वी पर विचरण करने वाले वन्य पशु उनकी बाँईं ओर दौड़ने लगे। इस पर दशरथ ने वशिष्ठ जी से कहा, "गुरुदेव! यह कैसी माया है। जहाँ पक्षियों का भयंकर स्वर अपशकुन का सूचक है वहीं मृगों का बाँयें होकर जाना शुभ शकुन की सूचना देता है। दोनों प्रकार के शकुन एक साथ क्यों हो रहे हैं?"

महाराज दशरथ के इस प्रश्न के उत्तर में वशिष्ठ जी बोले, "पक्षियों के भयंकर ध्वनि से ज्ञात होता है कि कोई भय उत्पन्न करने वाली घटना घटने वाली है और मृग आदि पशुओं के इस प्रकार जाने से पता चलता है कि वह भयानक घटना सरलता से शान्त हो जायेगी। इसलिये आप किसी प्रकार की चिन्ता न करें।"

यह वार्तालाप अभी चल ही रहा था कि बड़े जोरों की आँधी आई परिणामस्वरू वृक्ष पृथ्वी पर गिरने लगे। तभी राजा दशरथ को भृगुकुल के ऋषि परशुराम दृष्टिगत हुए। उनकी वेशभूषा बड़ी भयंकर थी। बड़ी बड़ी जटायें उनके तेजस्वी मुख पर बिखरी हुई थीं नेत्रों में क्रोध की लालिमा थी। कन्धे पर कठोर फरसा और हाथों में धनुष बाण थे। ऋषियों ने आगे बढ़ कर उनका स्वागत किया और इस स्वागत को स्वीकार करने के उपरान्त वे श्री रामचन्द्र से बोले "दशरथनन्दन राम! हमें ज्ञात हुआ है कि तुम बड़े पराक्रमी हो और तुमने शिव जी के धनुष को भंग कर दिया है और इस प्रकार तुमने अपूर्व ख्याति प्राप्त की है। मैं तुम्हारे लिये एक और

अच्छा धनुष लाया हूँ। यह धनुष साधारण नहीं है बल्कि जमदग्निकुमार परशुराम का है। इस पर बाण चढ़ाकर तुम अपने शौर्य का परिचय दो। तुम्हारे बल और शौर्य को देखने के पश्चात् मैं तुमसे द्वन्द्व युद्ध करूँगा।

परशुराम की बात सुनकर राजा दशरथ विनीत स्वर मे बोले, "भगवन्! आप वेदविद् स्वाध्यायी ब्राह्मण हैं। क्षत्रियों का विनाश करके आप बहुत पहले ही अपने क्रोध को शान्त कर चुके हैं। आपने इन्द्र के समक्ष प्रतिज्ञा करके अस्त्र-शस्त्र का परित्याग भी कर दिया है। इसलिये हे ऋषिराज! आप इन बालकों को अभय दान दीजिये। यदि आपके हाथों राम मारा गया तो हममें से कोई भी उसके वियोग में जीवित नहीं रह सकेगा।"

परशुराम जी ने दशरथ की बात पर कुछ भी ध्यान नहीं दिया। वे राम से बोले, "राम! संसार में केवल दो ही धनुष सर्वश्रेष्ठ माने जाते हैं। सारा संसार उनका सम्मान करता हैं। विश्वकर्मा ने उन दोनों को स्वयं अपने हाथों से बनाया था। उनमें से एक भगवान शिव के पास था और उसी से भगवान शिव ने त्रिपुरासुर का वध किया था। तुमने उसी धनुष को तोड़ डाला है। दूसरा दिव्य धनुष मेरे हाथ में है। यह भगवान विष्णु का धनुष है। यह भी पिनाक की भाँति ही शक्तिशाली है। एक बार शिव और विष्णु में भयंकर युद्ध हुआ। विष्णु को देवताओं ने श्रेष्ठ मानकर शान्त किया। शान्त होने पर विष्णु ने भृगुवंशी ऋचीक मुनि को धरोहर के रूप में वह धनुष दे दिया। अपने पूर्वपुरुषों से यह धनुष मुझे प्राप्त हुआ है। अब तुम एक क्षत्रिय के नाते इस धनुष को लेकर इस पर बाण चढ़ाओ और सफल होने पर मेरे साथ द्वन्द्व युद्ध करो।"

इस प्रकार से परशुराम के द्वारा बार-बार ललकारे जाने पर रामचन्द्र बोले, "हे भार्गव! मैं ब्राह्मण समझकर आपका सम्मान कर रहा हूँ और आपके समक्ष कुछ विशेष बोल नहीं रहा हूँ। किन्तु आप मेरी इस विनयशीलता को पराक्रमहीनता एवं कायरता समझ रहे हैं और मेरा तिरस्कार कर रहे हैं। लाइये, धनुष बाण मुझे दीजिये।"

यह कह कर उन्होंने झपटकर परशुराम के हाथ से धनुष बाण ले लिये और धनुष पर बाण चढ़ाकर बोले, "हे भृगुनन्दन! ब्राह्मण होने के कारण आप मेरे पूज्य हैं। इसीलिये इस बाण को मैं आप पर नहीं छोड़ सकता। परन्तु धनुष पर चढ़ने के बाद यह बाण कभी निष्फल नहीं जाता। इसका कहीं न कहीं उपयोग करना अनिवार्य हो जाता है। इसलिये मैं इस बाण को छोड़ कर आपकी शीघ्रतापूर्वक सर्वत्र आने-जाने की शक्ति को नष्ट किये देता हूँ।"

श्री राम की बात सुनकर शक्तिहीन हो गए परशुराम जी विनयपूर्वक कहने लगे, "बाण छोड़ने से पूर्व मेरी एक बात सुन लीजिये। क्षत्रियों को नष्ट करके मैंने यह भूमि कश्यप जी को दान में दी थी। उस समय उन्होंने मुझसे कहा था कि अब तुम्हें पृथ्वी पर नहीं रहना चाहिये क्योंकि तुमने पृथ्वी का दान कर दिया है। तभी से मैं गुरुवर कश्यप जी की आज्ञा का पालन करता हुआ कभी भी रात्रि में पृथ्वी पर वास नहीं करता। अतः हे राम! कृपा करके मेरी गमन शक्ति को नष्ट मत करो। मैं मन के समान गति से महेन्द्र पर्वत पर चला जाऊँगा। मुझे ज्ञात है कि इस बाण का प्रयोग निष्फल नहीं जाता, इसलिये आप इस बाण के द्वारा उन अनुपम लोकों को नष्ट कर दें जिन पर मैंने अपनी तपस्या से विजय प्राप्त की है। आपने जिस सरलता से इस धनुष पर बाण चढ़ा दिया है, उससे मुझे विश्वास हो गया है कि आप मधु राक्षस का संहार करने वाले साक्षत विष्णु हैं।"

राम ने परशुराम की प्रार्थना को स्वीकार किया और उनके द्वारा तपस्या के बल पर अर्जित समस्त पुण्यलोकों को नष्ट कर दिया। इसके पश्चात् परशुराम जी तपस्या करने के लिये महेन्द्र पर्वत पर चले गये और वहाँ उपस्थित सभी ऋषि-मुनियों सहित राजा दशरथ ने रामचन्द्र की भूरि भूरि प्रशंसा की।

8

अयोध्या में आगमन

परशुराम के जाने के पश्चात् पत्नियोंसहित राजकुमारों, गुरु वशिष्ठ, अन्य ऋषि मुनियों, मन्त्रियों तथा परिजनों के साथ महाराज दशरथ अयोध्या की ओर अग्रसर हुए। मन्त्रियों ने शीघ्र ही दो शीघ्रगामी दूतों को सभी के वापस आने की सूचना देने के लिये अयोध्या भेज दिये। दूतों के अयोध्या पहुँचने तथा सूचना देने पर नगर के सभी चौराहों, अट्टालिकाओं, मन्दिरों एवं महत्वपूर्ण मार्गों को नाना भाँति की रंग-बिरंगी ध्वजा-पताकओं से सजाया गया। राजमार्ग पर बड़े बड़े सुरम्य द्वार बनाये गये और उन्हें तोरणों से सजाया गया। मार्गों में केवड़े और गुलाब आदि का जल छिड़का गया। सुन्दर चित्रों, मांगलिक प्रतीकों वन्दनवारों आदि से हाट बाजारों को भी बड़ी सुरुचि के साथ सजाया गया। एक अभूतपूर्व उल्लास छा गया सारी अयोध्या में। अनेक प्रकार के वाद्य बजने लगे। घर-घर में मंगलगान होने लगे।

यह ज्ञात होने पर कि बारात लौटकर अयोध्या के निकट पहुँच गई है तथा नगर के मुख्य द्वार में प्रवेश करने ही वाली है, सुन्दर, सुकुमार, रूपवती, लावण्मयी कुमारियाँ अनेक रत्नजटित वस्त्राभूषणों से सुसज्जित होकर आगन्तुकों का स्वागत करने के लिये आरतियाँ लेकर पहुँच गईं। महाराज दशरथ और राजकुमारों के, स्वर्णिम फूलों से सुसज्जित सोने के हौदे वाले हाथियों पर बैठकर, नगर में प्रविष्ट होने पर चारों ओर उनकी जयजयकार होने लगी। ऊँची ऊँची अट्टालिकाओं पर बैठी हुई सुन्दर सौभाग्वती रमणियाँ उन पर पुष्पवर्षा करने लगीं। अयोध्या की नववधुओं – सीता, उर्मिला, माण्डवी और श्रुतकीर्ति – को देखने के लिये अट्टालिकाओं की खिड़कियाँ और छज्जे दर्शनोत्सुक युवतियों, कुमारियों से ही नहीं वरन प्रौढ़ाओं एवं वृद्धाओं से भी खचाखच भर गये।

सवारी के राजप्रसाद में पहुँचने पर राजा दशरथ की समस्त रानियों ने द्वार पर आकर अपनी वधुओं की अगवानी की। महारानी कौशल्या, कैकेयी एवं सुमित्रा ने आगे बढ़कर बारी-बारी से चारों वधुओं को अपने हृदय से लगाया और असंख्य हीरे मोती उन पर न्यौछावर करके उपस्थित याचकों में बाँट दिये। फिर मंगलाचार के गीत गाती हुईं चारों राजकुमारों और उनकी अद्र्धांगिनियों को राजप्रासाद के अन्दर ले आईं। इस अपूर्व आनन्द के अवसर पर महाराज दशरथ ने दानादि के लिये कोष के द्वार खोल दिये और मुक्त हस्त से नगरवासी ब्राह्मणों को भूमि, स्वर्ण, रजत, हीरे, मोती, रत्न, गौएँ, वस्त्रादि दान में दिये।

राजकुमारों को राजप्रासाद में रहते कुछ दिन आनन्दपूर्वक व्यतीत हो जाने पर महाराज दशरथ ने भरत को बुलाकर कहा, "वत्स! तुम्हारे मामा युधाजित को आये हुये पर्याप्त समय हो गया है। तुम्हारे नाना-नानी तुम्हें देखने के लिये आकुल हो रहे हैं। अतः तुम कुछ दिनों के लिये अपने ननिहाल चले जाओ।" पिता के आदेशानुसार भरत और शत्रुघ्न ने अपनी माताओं तथा राम और लक्ष्मण से विदा लेकर अपने मामा युधाजित के साथ कैकेय देश के लिये प्रस्थान किया।

राम ने अपने सौम्य स्वभाव, दयालुता और सदाचरण से न केवल अपने प्रासाद के निवासियों का बल्कि समस्त पुर के स्त्री-पुरुषों का हृदय जीत लिया था। वे सबकी आँखों के तारे थे और अत्यंत लोकप्रिय हो गये थे। परिवार के सदस्य उनकी विनयशीलता, मन्त्रीगण उनकी नीतिनिपुणता, नगरनिवासी उनके शील-सौजन्य और सेवकगण उनकी उदारता का बखान करते नहीं थकते थे। इधर सीता के मधुभाषी स्वभाव, सास-ससुर की सेवा, पातिव्रत्य धर्म आदि सद्गुणों ने भी सभी लोगों के मन को मोह लिया। नगर निवासी राम और सीता की युगल जोड़ी को देखकर अत्यन्त प्रसन्न होते थे। उनके प्रेम और सद्व्यवहार की चर्चा घर-घर में की जाती थी।

9

सीता हरण

लक्ष्मण के जाने के पश्चात् रावण को अवसर मिल गया। वह ब्राह्मण भिक्षुक का वेष धारण कर रावण सीता के पास आया और बोला, "हे सुन्दरी! तुम कोई वन देवी हो या लक्ष्मी अथवा कामदेव की प्रिया स्वयं रति हो? इस पृथ्वी पर तो मैंने तुम्हारे जैसी रूपवती, लावण्यमयी युवती मैंने आज तक इस संसार में नहीं देखा है। तुम कौन हो? किसकी कन्या हो? और इस वन में किस लिये निवास कर रही हो? कहाँ यह तुम्हारा तीनों लोकों में सबसे सुन्दर रूप, तुम्हारी सुकुमारता और कहाँ इस दुर्गम वन में निवास? यह स्थान तो इच्छानुसार रूप धारण करनेवाले भयंकर राक्षसों का निवासस्थान है। तुम यहाँ से चली जाओ, तुम यहाँ रहने योग्य नहीं हो।"

सीता ने कहा, "हे ब्राह्मण! मेरा नाम सीता है। मैं मिथिलानरेश जनक की पुत्री और अयोध्यापति दशरथ के ज्येष्ठ पुत्र श्री रामचन्द्र की पत्नी हूँ। पिता की आज्ञा से मेरे पति अपने भाई भरत को अयोध्या का राज्य दे कर चौदह वर्ष के लिये वनवास कर रहे हैं। उन पराक्रमी सत्यपरायण वीर के साथ मेरे तेजस्वी देवर लक्ष्मण भी हैं। आप अतिथि हैं अतः इस आसन पर बैठ कर यह जल और फल ग्रहण कीजिये। मेरे पति अभी आते ही होंगे। अब आप बताइये महात्मन्! आप कौन हैं और यहाँ किस उद्देश्य से पधारे हैं?"

सीता का प्रश्न सुन कर रावण गरज कर बोला, "हे सीते! मैं तीनों लोकों, चौदह भुवनों का विजेता महाप्रतापी लंकापति रावण हूँ जिसके नाम से देवता, दानव, यक्ष, किन्नर, गन्धर्व, मुनि सभी भयभीत रहते हैं। इन्द्र, वरुण, कुबेर जैसे देवता जिसकी सेवा कर के अपने आप को धन्य समझते हैं। मैं तुम्हारे लावण्यमय सौन्दर्य को देख कर अपनी सुन्दर रानियों को भी भूल गया हूँ और मैं तुम्हें ले

जा कर अपनी भार्या बनाना चाहता हूँ। हे मृगलोचने! तुम मेरे साथ चल कर नाना देशों से आई हुई मेरी अत्यन्त सुन्दर रानियों पर पटरानी बन कर शासन करो। मेरी नगरी लंका की सुन्दरता को देख कर तुम इस वन के कष्टों को भूल जाओगी। इसलिये मेरे साथ चलने को तैयार हो जाओ।"

रावण का नीचतापूर्ण प्रस्ताव सुन कर सीता क्रुद्ध स्वर में बोली, "हे अधम राक्षस! तुम परम तेजस्वी, अद्‌भुत पराक्रमी और महान योद्धा रामचन्द्र के पराक्रम को नहीं जानते इसीलिये तुम मेरे सम्मुख यह कुत्सित प्रस्ताव रखने का दुःसाहस कर रहे हो। अरे मूर्ख! क्या तू वनराज सिंह के मुख में से उसके दाँत उखाड़ना चाहता है? तेरे सिर पर काल नाच रहा है इसीलिये तू यह घृणित प्रस्ताव ले कर यहाँ आया है। तेरी मृत्यु ही तुझे यहाँ ले कर आई है।"

सीता के ये अपमानजनक वाक्य सुन कर रावण के अत्यन्त कुपति हो गया। आँखें लाल करते हुये उसने कहा, "सीते! तू मेरे बल और प्रताप को नहीं जानती। मैं आकाश में खड़ा हो कर पृथ्वी को गेंद की भाँति उठा सकता हूँ। अथाह समुद्र को एक चुल्लू में भर कर पी सकता हूँ। मैं तुझे लेने के लिये आया हूँ और ले कर ही जाऊँगा।"

यह कह कर रावण ने अपने ब्राह्मण वेश को त्याग कर विकराल रूप धारण कर लिया और दोनों हाथों से सीता को उठा कर अपने कंधे पर बिठा निकटवर्ती खड़े विमान पर जा सवार हुआ। इस प्रकार अप्रत्यशित रूप से पकड़े जाने पर सीता ने 'हा राम! हा राम!!' कहते हुये स्वयं को रावण के हाथों से छुड़ाने का प्रयास किया। परन्तु बलवान रावण के सामने उनकी एक न चली। उसने उन्हें बाँध कर विमान में एक ओर डाल दिया और तीव्र गति से लंका की ओर चल पड़ा। सीता निरन्तर विलाप किये जा रही थी, "हा राम! पापी रावण मुझे लिये जा रहा है। हे लक्ष्मण! तुम कहाँ हो? तुम्हारी बलवान भुजाएँ इस समय इस दुष्ट से मेरी रक्षा क्यों नहीं करतीं? हाय! आज कैकेयी की मनोकामना पूरी हुई।"

इस प्रकार विलाप करती हुई सीता ने मार्ग में खड़े जटायु को देखा। जटायु को देखते ही सीता चिल्लाई, "हे आर्य जटायु! देखो, लंका का यह दुष्ट राजा रावण मेरा अपहरण कर के लिये जा रहा है। इस नराधम से आप मेरी रक्षा करने में आप असमर्थ हैं क्योंकि यह बलवान है और अनेक युद्‌धों में विजय पाने के कारण इसका दुस्साहस बढ़ा हुआ है। आप रावण द्‌वारा मेरे हर लिये जाने का यह वृत्तान्त मेरे पति से तो अवश्य ही कह देना।"

* 9 7 9 8 8 8 8 3 3 5 5 2 9 *
FCW - #0285 - 061026 - C0 - 216/140/2 - PB - 9798888335529 - Gloss Lamination